W9-CLG-331

T 25426

Les p'tits
FANTASTIQUES

La galaxie des Clafoutis

Jack Chaboud

Illustrations de couverture
et d'intérieur :

David Morichon

MAGNARD *JEUNESSE*

Collection animée par Jack Chaboud

© Éditions Magnard, 2001 — Paris

Tous droits de reproduction, de traduction et d'adaptation réservés pour tous pays.
Loi n° 49-956 du 16-07-1949 sur les publications destinées à la jeunesse.

Dépôt légal : février 2001 — N° d'éditeur : 2001/068

La grande panne

UN SOIR de vingt et un décembre, Julien est venu coucher chez moi car nous n'avions pas classe le lendemain. Nous étions seuls, maman n'était pas rentrée de son travail, et ma sœur vivait dans une autre ville, avec papa. Dans la cuisine, nous avons bu du jus d'orange et mangé du chocolat fourré aux amandes. Puis nous sommes allés jouer dans ma chambre, où des footballeurs s'agitaient sur l'écran de la télévision, des chevaliers transperçaient des dragons sur mon ordinateur, et ma Batmobil ronronnait dans un coin.

Vers sept heures, au moment où Julien a voulu retourner dans la cuisine pour se goinfrer des dernières barres de chocolat, je me suis souvenu du jeu que mon oncle m'avait ramené du Japon et j'ai expliqué à mon copain :

« Il suffit de se mettre un casque avec un écran sur la tête, après, tu choisis un film et c'est comme si tu étais vraiment dans une aventure, que tu peux modifier comme tu veux.

— Super ! » s'est écrié Julien, en oubliant de manger pour une fois.

Je lui ai installé un casque sur la tête, j'ai mis l'autre et j'ai branché : *bagarre dans l'espace*, une histoire avec des monstres et des rayons laser. Nous étions aux commandes de notre fusée, et j'avais commencé le compte à rebours : « 5, 4, 3, 2… », lorsque soudain, la chambre a été plongée dans le noir. Comme j'étais souvent seul à cette époque, je ne paniquais pas dans ces cas-là. J'ai vérifié le compteur électrique : mais tout était normal. J'ai pris deux lampes de poche dans le buffet du salon et j'ai proposé de jouer au fantôme. Au lieu de me répondre, Julien a remarqué :

« Dis donc, y a pas que la lumière qui ne marche plus, tous les jeux se sont arrêtés ! »

Alors là, je me suis vraiment inquiété et j'ai tenté de téléphoner à maman, mais le téléphone ne répondait pas!

J'ai ouvert la porte-fenêtre donnant sur notre rez-de-jardin. Nous nous sommes précipités sur la pelouse… et nous avons constaté que toute la ville était noire et silencieuse. Nous sommes rentrés dans l'appartement, mais au bout d'un moment, le chauffage ne marchant plus, il s'est mis à faire froid. Pelotonnés dans un couvre-lit sur le canapé du salon, nous avons attendu, dans l'espoir de voir la ville s'éclairer à nouveau. Et c'est encore Julien qui s'est exclamé:

« Thomas, regarde, dehors, il y a une drôle de lueur! »

2
Le chat tombé du ciel

UNE LUEUR JAUNE, douce, bizarre, illuminait le jardin. En fait, c'était comme la lumière d'un projecteur qui dessinait un cercle au milieu de la pelouse. Au bout de quelques minutes, la curiosité a été plus forte que la peur. Je me suis avancé vers cette colonne lumineuse qui se perdait très haut dans le ciel. Julien m'a suivi. De plus en plus courageux, j'essayais de toucher le voile de lumière, lorsqu'une voix a retenti dans ma tête ; une petite voix agréable, qui disait :

« Salut, Thomas, c'est la grande panne chez vous ce soir. Est-ce que par hasard tu voudrais en profiter ? »

J'ai regardé Julien et j'ai compris qu'il entendait les mêmes paroles que moi. À ce moment-là, j'ai vu un chat. Un chat gris qui se dirigeait vers nous. Il miaulait normalement, mais ça se transformait en paroles dans nos têtes. Il est passé devant nous et a pénétré dans le salon où il a attendu que nous le rejoignions pour se mettre sur son derrière et nous examiner, en nous miaulant :

« Je m'appelle Graou. De temps en temps, je viens voir des enfants terrestres pour leur proposer une promenade chez moi…

— Pourquoi nous deux ?

— Pourquoi pas!» a répondu Graou.

Aussitôt, nous l'avons bombardé de questions:

«Où c'est, chez toi? C'est loin? C'est haut? Comment on y va? T'as une fusée? Y a des robots? On aura des désintégrateurs?…

— Doucement, doucement, a murmuré le chat gris, je répète ma question: voulez-vous venir chez moi?»

Julien m'a regardé, j'ai essayé de lui parler dans sa tête, mais ça n'a pas marché. Alors, je me suis dit dans la mienne :

« Ma chambre est triste et froide, maman n'est pas là ; Graou a l'air d'un brave chat et il n'y a pas de raison d'avoir peur. »

Julien s'est sûrement dit la même chose, car nous avons décidé en même temps :

« D'accord, on y va. Mais pas long-temps ! »

J'ai laissé un message sur le tableau de la cuisine pour que maman ne s'inquiète pas au cas où elle rentrerait avant nous. Graou nous a affirmé que son temps à lui étant différent du nôtre, nous serions de retour avant elle. Nous n'avons rien compris, mais nous lui avons fait confiance. Et nous avions raison !

3

En route pour les étoiles

AU DÉBUT, ça m'a paru décevant. Pas de vaisseau intergalactique, même pas une capsule spatiale. Nous sommes entrés dans la colonne; Graou a miaulé trois fois et hop, nous avons monté doucement, comme les ballons dans les fêtes foraines, quand on est petit, qu'on les lâche et qu'on se met à pleurer en les regardant s'enfuir dans le ciel. Julien et moi, nous ne pleurions pas, car nous pouvions faire des galipettes ou nager dans le vide pour contempler le ciel. Encore un peu méfiant, Julien a fini par demander:

« Où allons-nous? »

Le chat a précisé:

« Je vous conduis dans la mini galaxie des Clafoutis, chez Céleste.

— Céleste?

— Mamy Céleste, c'est la meilleure cuisinière de toute la galaxie. Et elle vous fait aussi de ces chouettes câlins pour chats!

— C'est encore loin?

— Non. Nous avons quitté le Soleil et la Lune, nous avons filé entre Vénus, Mercure, Mars et Neptune; maintenant, nous faisons la culbute près de Jupiter, avant de zapper Saturne, Uranus et Pluton. Après, vlan! Nous quitterons votre galaxie! »

La colonne s'est déroulée aussitôt

dans un immense espace vide, avant qu'apparaisse une voie balisée par des petits points scintillants en forme de chariots et d'un tas d'animaux. Graou a repris :

« Ces groupes d'étoiles sont des constellations. Nous allons faire un petit slalom au milieu d'elles et ensuite nous suivrons la route des géantes rouges, le chemin des lucioles, le sentier des naines blanches, pour finir dans la galaxie des Clafoutis, où l'on arrive toujours à minuit.

— À minuit !!! »

Nous étions catastrophés. J'ai regardé ma montre et constaté :

« C'est bizarre, ma montre marque sept heures trente ! »

Julien a ajouté :

« La mienne aussi.

— Ne vous inquiétez pas, a répondu Graou, chez nous, c'est toujours minuit. Quand vous serez de retour sur terre, vous retrouverez vos heures qui changent tout le temps. »

Autour de nous, des comètes filaient en traînant derrière elles des kilomètres de queues illuminées serpentant au milieu de planètes bleues et jaunes. Plusieurs fois, des météores sont venus percuter notre abri dans des gerbes d'étincelles. Dans un virage, nous avons découvert un astéroïde sur lequel un petit bonhomme nous a fait signe avec une grande écharpe.

4
Qui a chipé les chapeaux des champignons?

TOUT DE SUITE après, nous avons plongé sur un drôle de gâteau lumineux. Notre colonne s'est arrêtée dans le vide et notre ami le chat s'est frotté contre nos jambes en déclarant:

« Bon séjour, les enfants. Je vous retrouverai ici pour le retour. Vous allez prendre la route de briques jaunes, et ensuite un taxitasse vous conduira chez Céleste. »

La route s'est collée à notre colonne, comme les passerelles télescopiques pour les avions, dans les aéroports.

Nous avons marché pendant une minute et, soudain, une pluie d'étoiles filantes est tombée sans bruit sur les bas-côtés. À peine arrivés au sol, les cailloux de l'espace ont rejailli en bouquets de roses, tulipes, tournesols, ou en chanterelles à grands chapeaux mous. Les fleurs et les champignons se sont ensuite transformés en petits nuages qui se sont gonflés, gonflés, et ont explosé au-dessus de nous en nous aspergeant d'eau parfumée.

Nous n'avons pas eu le temps de nous demander comment nous allions sécher : un souffle brûlant nous a soulevés à deux mètres de haut en nous faisant dresser les cheveux sur la tête. En retombant, nous avons aperçu une bande d'animaux bizarres qui nous fonçaient dessus.

5
Au pays des triangles et des cubes

IL Y AVAIT en tête une grande et une petite ourses qui tiraient un petit et un grand chariots. Derrière elles, un cygne, un lion, une licorne, un lapin avec une montre, un bélier et un taureau, et enfin un berger barbu avec un grand chien entourés d'un troupeau de nuages moutonneux. Tous semblaient paniqués et nous avons compris pourquoi. Ils étaient pourchassés par un dragon couvert de pustules verdâtres. À notre hauteur, le monstre s'est mouché. Son nez a produit un big bang terrifiant, et les fuyards, constellés de poussière d'étoiles, sont redevenus les petits points lumineux que nous avions admirés en arrivant. Le dragon a voulu recracher du feu sur les constellations ; mais il est tombé dans un trou noir et la flamme a de nouveau été déviée sur nous. J'ai eu les cheveux roussis et la figure noircie. La peau de Julien sentait le poulet grillé. Sortant péniblement du trou, l'énorme bête s'est excusée :

« Je vous demande pardon, qu'est-ce que je vise mal ! Mais ces voyous m'ont volé le miel de lucioles qui sert à adoucir ma gorge quand j'ai terminé mon boulot. Je crache du feu pour réchauffer les vieux soleils et les vieilles planètes, et j'ai droit au respect de cette bande de bons à rien ! »

Il est reparti après nous avoir nettoyé d'un coup de langue, une langue aussi râpeuse que celle d'un chat. C'est alors qu'une voix mélodieuse nous a appelés :

« Thomas ! Julien ! En voiture ! »

Elle provenait d'une tasse posée sur une soucoupe volante. Nous avons grimpé dans la tasse, où nous nous sommes enfoncés jusqu'aux oreilles dans des fauteuils mœlleux. La voix, sortie d'un haut-parleur invisible, a annoncé :

« Taxitasse à votre service, destination quartier des Cubes ! »

Notre véhicule a glissé silencieusement entre des triangles et des sphères flottant dans le vide, tournant sur eux-mêmes, changeant sans cesse de couleur. La plupart de ces bâtiments spatiaux étaient reliés les uns aux autres par des couloirs lumineux où circulait une foule de gens. À certains carrefours, notre taxitasse croisait des bus-cafetières bourrés de passagers. Enfin, notre véhicule est entré dans un quartier plein de cubes. Il s'est posé sur l'un d'eux, et la voix a chantonné :

« Cube Arc-en-Ciel, chez Mamy Céleste. Terminus et bon séjour ! »

Une porte a coulissé, et nous sommes descendus le long d'un couloir qui tournait, tournait, jusqu'à ce qu'une voix féminine nous parvienne :

« Par les soixante-dix-sept milliards de planètes de la galaxie, ça cuit trop vite ! »

Puis elle a ajouté :

« Venez ! Venez, les enfants ! Je sors mes gâteaux du four et je suis à vous ! »

6

Mamie Céleste

NOUS VENIONS d'arriver sur le seuil d'une immense pièce où une table, un four et des dizaines d'ustensiles de cuisine dansaient un ballet aérien autour d'une dame aussi belle que maman, mais avec des cheveux blancs. Elle était vêtue d'une robe longue faite d'une curieuse étoffe rose et lumineuse. Mamy Céleste a enlevé ses gants et son tablier pour venir nous embrasser, puis elle est retournée à son four planant pour sortir une tarte aux pommes chaudes et un clafoutis aux cerises.

Tout autour de nous, la cuisine s'est remplie de chaises flottant avec des assiettes, des cuillères, des verres. Des fontaines de jus de fruit sont sorties des murs. Mamy Céleste nous a expliqué qu'ici, les objets n'apparaissaient que lorsque l'on avait besoin d'eux.

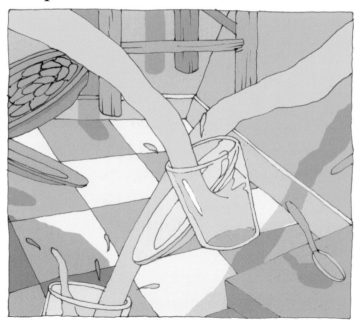

« Mangez, mes petits Terriens, a-
t-elle ajouté, je suis certaine que vous
mourez de faim ! »

C'était vrai, on n'était pas mort,
mais on avait faim. Nous avons dévoré. Vite, trop vite ! Maman n'aurait pas
été contente de voir ça. Quand on a eu
fini, Mamy Céleste a proposé :
« Si vous n'avez pas trop le gros
ventre, je vous emmène au domaine
des Délices... »
J'ai dit :
« Ben, on a déjà mangé ! »

Julien m'a jeté un regard furieux, car il n'avait jamais assez à manger. Mamy a répondu :

« Ce sont des délices à regarder. »

J'ai crié :

« Super ! », mais Julien a eu l'air un peu déçu.

7

Le domaine des Délices

NOUS SOMMES allés à la station flottante de bus-cafetières, où nous avons été aspirés par un bec verseur qui nous a précipités sur une banquette ronde. Ensuite, l'engin s'est dirigé vers un immense phare pareil à ceux qui sont au bord des mers chez nous.

« Ce phare, nous a expliqué Mamy, absorbe les rayons de nos soleils pour chauffer les maisons et les usines de la galaxie. »

Notre bus a contourné une usine plate et carrée où étaient fabriqués, à partir d'atomes capturés avec d'énormes filets à papillons, tous les objets dont on avait besoin.

L'arrêt « Domaine des Délices » était situé devant l'entrée d'un square qui ressemblait à celui où l'on jouait avec Julien : avec des pelouses pour jouer au foot, un bac à sable et des balançoires pour les petits. Après le square, Mamy Céleste nous a entraînés dans un chemin boueux et caillouteux, bordé d'orties et de ronces, comme celui qui mène à la ferme de mon arrière grand-père. Nous avons traversé une prairie broutée par des vaches vertes, avant d'arriver dans la cour d'une ferme au milieu de poules rouges et de canards bleus. Ça sentait la bouse de vache, le crottin de cheval, le foin fraîchement coupé, le lait chaud. Une fermière donnait à manger aux poussins (roses) et aux lapins (jaunes). Julien a piloté un tracteur (sans moteur), et moi une moissonneuse-batteuse (sans moteur non plus).

Nous avons dévoré un pique-nique dans un bois (surtout Julien) en écoutant chanter des rossignols dont Mamy Céleste connaissait les chansons par cœur. Un renard est venu se débarrasser de ses puces dans la rivière où nageait un ragondin ; un furet a couru dans nos pieds quand nous avons joué à chat perché. C'était bien ! Pourtant, j'étais surpris. Je m'attendais à des trucs que je n'avais jamais vus, et au lieu de ça, tout était semblable à ce que je connaissais sur Terre.

Le fermier nous a proposé une partie de pêche, mais Mamy Céleste s'est écriée en regardant le ciel :

« Par les mille et un milliards d'années-lumière de la galaxie, il est minuit, il vous faut rentrer, votre maman va s'inquiéter ! »

J'ai regardé ma montre, dont les aiguilles indiquaient toujours sept heures trente. Mais j'étais rassuré, puisque je savais que l'heure d'ici n'était pas l'heure de chez nous, ou bien le contraire… ou bien, zut ! Je n'y comprenais vraiment rien. Et Julien pas davantage.

8
C'était géant

TOUT DE MÊME, dans le taxi-tasse qui nous ramenait directement à la route du départ, j'ai questionné Mamy Céleste :

« C'était drôle, ton square, ta ferme, et même chez toi, c'est très loin de chez nous, et pourtant c'est comme chez nous ! »

Elle m'a dit en souriant :

« Ce qui est en haut est comme ce qui est en bas ! »

C'était pas faux, mais c'était pas tout à fait vrai, et ça faisait mal à la tête d'y penser.

Ça nous a chagrinés de quitter Mamy Céleste: c'était à la fois une grand-mère, une maman et une grande sœur. Mais elle nous a consolés, de sa voix douce, en nous assurant que chaque fois que nous regarderions bien droit vers sa galaxie, nous serions heureux et tout près d'elle. Nous l'avons crue et nous l'avons embrassée très fort. Elle sentait la cerise et le caramel.

Julien a eu la larme à l'œil, et elle a fait semblant de le gronder, et il a fait semblant de ne plus avoir de peine. Et moi aussi.

Dans la colonne volante, Graou nous a accueillis par un :

« Alors, ça vous a plu ?

— Oui, c'était géant !

— C'est comme ça pour tous les enfants. »

La colonne s'est illuminée et le chat
a rigolé dans nos têtes :
« En route pour la Terre ! »

9

Terre, le retour

L E VOYAGE de retour a été silencieux. Juste avant de prendre la Voie lactée pour rentrer dans notre système solaire, Julien a demandé :

« On pourra revenir ?

— Malheureusement non, a soupiré notre ami, vous ne pouvez venir chez nous qu'une fois dans votre vie, mais vous pouvez y revenir dans votre tête autant de fois que vous voudrez. »

La colonne a atterri dans le jardin :
c'était minuit pour Graou et sept
heures trente pour nous. La ville était
toujours plongée dans le noir. À sept
heures trente-cinq, le chat nous a fait
un signe de patte ; il a miaulé, et nous
n'avons rien entendu dans notre tête.

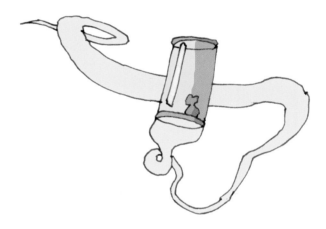

La colonne s'est évanouie dans l'obscu-
rité, et tout s'est remis en marche. La
lumière a envahi l'appartement, suivie
par le bruit des jeux électroniques et les
glouglous du chauffage. Nous n'étions
pas sûrs de ne pas avoir rêvé.

À sept heures cinquante cinq, maman est arrivée, toute rouge, affolée :

« Vous n'avez pas eu peur ? Vous n'avez pas eu froid ? Vous n'avez pas fait de bêtises ? »

Je lui ai promis :

« Non, on n'a pas bougé ! »

Elle nous a trouvés tellement sages qu'elle nous a dévisagés avec cet air soupçonneux qu'elle prenait quand je disais un gros mensonge. Et quand elle a lu le message que j'avais laissé («Maman, on part avec le chat Graou qui nous parle dans la tête, on va dans un tube lumineux dans le ciel, il est minuit et on sera de retour avant que tu te fasses du souci. Thomas.») là, elle nous a embrassés en répétant :

« Mes pauvres petits ! Mes pauvres petits ! », et elle a téléphoné aux parents de Julien, puis au docteur Fiorani, celui qui me soignait quand j'avais la grippe ou une angine. Elle lui a affirmé qu'on avait été terrifiés par la grande panne, et elle a ajouté tellement d'autres choses que le docteur lui a recommandé de prendre des pilules pour dormir, en lui affirmant qu'à son avis, nous, on allait bien.

Après avoir raccroché et pris une pilule, maman s'est forcée à sourire et a décidé :

« Je vais vous faire un bon clafoutis ! »

Il a fallu lui dire que Mamy Céleste venait de nous en faire un aux cerises. Alors, elle a repris deux autres pilules. Pour la consoler, Julien a accepté de manger tout ce qu'elle voulait.

Nous avons grignoté la pizza et le clafoutis qu'elle nous avait préparés : enfin, surtout Julien ! Et puis, avant d'aller nous laver les dents, j'ai mis maman au lit pour qu'elle ne reprenne pas d'autres pilules.

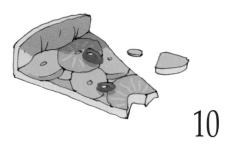

10
Le grand secret

L E LENDEMAIN matin, Julien
m'a dit :
« Nous avons un secret,
maintenant. Il ne faudra parler de
notre voyage à personne ! »

Après y avoir réfléchi, je lui ai
répondu :

« C'est d'accord, mais ce serait
peut-être sympa d'en parler à d'autres
enfants pour qu'ils puissent aller dans
la galaxie de Mamy Céleste ? »

Nous n'avons pas été sympas. Notre aventure est demeurée notre secret.

Hier, alors que je ne pensais plus beaucoup à notre voyage extraordinaire, je suis arrivé en vacances chez mon père. Le soir, en jouant dans la chambre de ma sœur, j'ai fait tomber un petit cahier d'une étagère. Je l'ai ouvert, et voilà ce que j'ai lu en gros titre sur la première page : *Recette du clafoutis Céleste*.

Au dîner, j'ai demandé à ma sœur:

« Tu es déjà allée chez Mamy Céleste, toi?

— Oh oui, il y a longtemps. Pourquoi?

— Comme ça, pour rien.

— Toi, tu as fouillé dans mes affaires!

— Non, c'est pas vrai! »

Pendant qu'on se chamaillait, j'ai vu que papa essayait de se rappeler quelque chose, mais qu'il n'y arrivait pas. Alors, j'ai compris qu'un jour, comme lui, j'oublierai mon beau voyage dans la galaxie de Mamy Céleste.